Cabinet de M. DUCHAMP, Amateur à Lyon

ESTAMPES

ANCIENNES

BEAUX PORTRAITS

ET SUJETS PAR

DES GRAVEURS OU D'APRÈS DES MAITRES

DU XVIIIᵉ SIÈCLE

VENTE

Le Samedi 30 Mars 1867, à une heure.

EXPOSITION AVANT LA VENTE

Mᵉ DELBERGUE-CORMONT
COMMISSAIRE-PRISEUR.

M. VIGNÈRES
MARCHAND D'ESTAMPES.

(233ᵉ)   PARIS — 1867

Chez VIGNÈRES, rue Baillet, 1, à Paris.

CLERGÉ CONTEMPORAIN
PETITS PORTRAITS GRAVÉS A CLAIRE-VOIE
PETIT PAPIER, A 50 CENTIMES CHAQUE

Le Solitaire.
Affre.
Allignol (Aug.-Vital).
Allignol (Charles Regis).
Annat.
Arnaldi.
d'Astros, archevêque de Toulouse.
Baronnat.
Bautain.
Belmas.
De Bervanger,
Blanquart de Bailleul.
De Bonald.
De Boulogne.
Bourrel.
Bouvier.
Boyer.
Brumaud de Beauregard.
De Chamon.
Chartrousse.
Chatel.
Chatenay.
De Cheverus.
Clausel de Montals.
Cœur.
Collin.
Combalot.
Coquereau.
Croï (prince de), cardinal.
Darcimoles, évêque du Puy.
Débelay.
Deguerry.
Demeuré.
Deperry.
Desgarets.
Devie.
Donnet, archevêque de Bordeaux.
Droste-Vischering, év. de Cologne.
Dufetre.
Dupanloup.
Dupont, cardinal.
Dupont-des-Loges.
Emery.
Fayet.
De Feletz.
Fesch, cardinal.
De Forbin-Janson.
Frasey, curé.
Frayssinous.
De Genoude.

George.
De Geramb.
Gousset.
Graverau.
Grégoire.
Grégoire XVI.
Grivel, aumônier de la Ch. des Pairs
Guillon, evêque de Maroc.
Le Guillou.
Hohenlohe (le prince).
Lacordaire.
De La Mennais.
Laroque.
De La Tour-d'Auvergne.
Lemaire.
Letourneur.
Liautard.
Lyonnet.
Madrolle.
Magnin.
Maï, cardinal.
Manglard.
De Mazenod, évêque de Marseille.
Merault.
Migne.
Moignot.
Mörlot, archevêque de Tours.
Naudo.
Olivier.
Pacca, cardinal.
Paravey.
Parisis.
Pelier de la Croix.
Perboyre.
Picot.
Pie IX.
Prompsault.
De Quélen.
Raillon.
De Ravignan.
Rey.
Robin.
Rœss.
De Rolleau, curé de N.-D. de Lorette.
De Sausin.
C. de Schmid.
L'abbé Sieyès.
Souquet de Latour.
Thibault.
De Veyssiere.

RENOU et MAULDE, imprimeurs de la Compagnie des Commissaires-Priseurs,
rue de Rivoli, 144.   1012

CATALOGUE

D'ESTAMPES

ANCIENNES

BEAUX PORTRAITS

ET SUJETS PAR

DES GRAVEURS OU D'APRÈS DES MAITRES

DU XVIIIe SIÈCLE

Cabinet de M. DUCHAMP, Amateur à Lyon

DONT LA VENTE AURA LIEU

HOTEL DES COMMISSAIRES-PRISEURS

Rue Drouot, 5

SALLE N° 4, AU 1er ETAGE

Le Samedi 30 Mars 1867

A UNE HEURE PRECISE

Me **DELBERGUE-CORMONT**, Commissaire-Priseur,
rue de Provence, 8,

Assisté de **M. VIGNÈRES**, marchand d'Estampes,
rue de la Monnaie, 13, à l'entresol; entrée rue Baillet, 1,

CHEZ LEQUEL SE DISTRIBUE LE CATALOGUE

Exposition avant la Vente

PARIS — 1867

CONDITIONS DE LA VENTE

L'Ordre du Catalogue sera suivi.

Les Lots pourront être divisés à la volonté du Vendeur.

Elle sera faite au comptant.

Les Acquéreurs paieront CINQ POUR CENT en sus des enchères applicables aux frais.

M. VIGNÈRES, dirigeant la vente, se charge des Commissions.

NOTA. Toute commission sans prix fixé ou sans limite déterminée sera regardée comme nulle.

M. VIGNÈRES se charge de faire marquer les prix aux Catalogues des ventes qu'il a faites. Les personnes qui le désirent peuvent s'adresser à lui *franco*.

Plusieurs Amateurs éloignés en ont reconnu l'utilité pour les guider dans leurs achats sur les valeurs des Estampes.

Les Catalogues des Ventes à faire sont envoyés aux personnes qui en feront la demande *affranchie*.

AVIS. — Nous prions MM. les Amateurs éloignés de ne pas attendre au dernier jour, pour que les lettres arrivent le matin de la vente ; ils comprendront que quelques lettres peuvent se lire, mais de 20 à 50 lettres, c'est difficile.

25 % 560/62,50

Produit   2242 50

Affiches et afficheur   50   17 25

Moniteur des Ventes   16 80

Déclaration de vente   2

Timbre du procès Verbal   3

Enregistrement   54 30

Versement en Bourse Commune   70 80

Honoraires de M Delbergue   70 80

Clerc et Crieur   12 ..

Salle 4. Location un jour   36 10

Commissionaire et gratification   16

Honoraires Vignères   168

Catalogue a 600   124

affranch des Catalogues a la poste 217 envir   17 70

a Paris Lasquein   350 envir   15 ..

Etendard   6 – 7   13

Moniteur   10 – 14   24

5 Mains Chemises   6 90

Voiture transport a l'hôtel et retour du portefeuille   4 50

     672 15

Déduire les 5 % des acquereurs   112 15   560 00

     f. 1682 50

Hon. Vignères   Hon. Com. Priseur   50
2242 50   et Bourse commune   1732 . 50
112 15   Enregistrement
2354 · 65   2,360 ..
117 – 73   3 ..
     70 · 80

Denv. 8.   Perut 20/40
              1 pn 3.
Denv. 12   Parut

              Parut

Denv. 4

ESTAMPES ANCIENNES

1 **Béga** (Corneille). Les Deux Amoureux (B. 25).
La Mère au cabaret (31). 2 pièces, belles ép.

2 **Beham** (H. Sebald). La Bonne Fortune, 1541
(B. 140). — La Fortune contraire (141). — Le
Bouffon et les deux Couples d'amoureux. Ép. de
la 2ᵉ planche en contre-partie (212). 3 p.

3 **Boivin** (René). Boîte à encens, forme de navire,
ornée d'un grand nombre de figures. Très-
belle ép.

4 **Daven** (Léon). Paysage avec le bain de Diane et
autres sujets mythologiques. 3 p., très-belles ép.

5 **Dujardin** (Karel). Paysage et animaux. 3 p.

6 **Durer** (Albert). La Vierge tenant l'Enfant Jésus
emmailloté (B. 38). Très-belle ép.

7 — La Vierge à la poire (B. 41). Superbe ép. du
cabinet Revoil.

8 — La Vierge au singe (B. 42). Très-belle ép. du
cabinet de Revoil.

9 — Les trois Paysans (B. 86) et la copie contre-
partie. 2 p.

10 — Portrait de Melanchton (B. 105).

11 **Ghisi** (Georges). L'Innocence traînée au tribunal
de l'Ignorence, d'après *Lucas Penni*.

12 **Leclerc** (Séb.). Louis XIV instituant le Jardin des Plantes et Musée d'Histoire naturelle. Très-belle ép. *Goyton ex.*

13 **Lucas de Leyde**. Les Enfants guerriers (B. 165). — Portrait d'un jeune homme tenant une tête de mort (B. 174). 2 p.

14 **Mallery**. Vierge au Rosaire debout sur le croissant. Très-belle ép.

15 **Morin** (J.). La Paysanne en marche, d'ap. *Fouquière* (R. D. 105). Très-belle ép.

16 **Ostade** (Adrien Van). Paysan avec un bonnet pointu (B. 3). — La Poupée demandée (16). 2 p., belles.

17 **Pass** (C. de). Adolescentia. — Virilitas. — Senectus. — 3 p. très belles.

18 **Penez** (G.). Tobie se lève de table (B. 13). — Thétis et Chiron, 1543 (B. 90). 2 p.

19 **Raphael** (d'ap.). Pan et Syrinx, par *Marc Antoine*, avec adresse Paluzzi. — Même sujet, par *Campanella*. 2 p.

20 **Rembrandt**. Son Portrait aux cheveux courts et frisés (B. 26). Belle ép. avec le nom.

21 — Abraham avec son fils Isaac (34).

22 — Joseph et la femme de Putiphar (39).

23 — Le Denier de César (68).

24 — Résurrection de Lazare (72).

25 — Jésus-Christ en croix (80). Très-belle épr.

26 — Retour de l'Enfant prodigue (91).

27 — Martyre de saint Étienne (97).

28 — Saint Jérôme (100). Belle ép.

29 — Le petit Orfèvre (123). Très-belle ép.

Perut 6   Teiss. 5

Kolay   Perut 8   Teiss. 3.

Brun 11   Teiss. 4,

Delh 12.

Brun 10   Teiss. 4.

Mishul 8
Perut 8   Ders 5

Perut 15

Perut 15   Teis 12

Teis. 3   Serv   6 50

                                        J. L. D.
Teis. 5   Serv. 11   Parus 40.   Rum 10

                                        Teis. 8

                                        Parus 10

                                        2   25

                                        2   32

Rot. X   Teis 2   Losin 20.   Parut 6

30 — Le Maître d'école (128).

31 — La Femme à la calebasse (168).

32 — Gueux assis sur une motte de terre (174). Très-belle.

33 — Femme nue, les pieds dans l'eau (200).

34 — Le Moulin de Rembrandt (233). Très-belle ép.

35 — Faustus (270).

36 — Clément de Jonge (272). Très-belle ép.

37 — Abraham France (273).

38 — Jean Lutma (276). Ép. vigoureuse.

39 — Utenbogard (279).

40 **Schongauer** (Martin). La Véronique (B. 66). Très-belle ép.

41 **Silvestre** (Israel). L'Église et la Cour du Temple. — La Tour de Nesle et l'Hôtel de Nevers. — Paysage. 3 p., belles ép.

42 — Vue de la Cour des Fontaines et de l'Étang de Fontainebleau. In-fol. Très-belle ép.

43 **Stephanus** (Étienne de Laulne). Les Sept Planètes : le Soleil, la Lune, Mars, etc. 7 p., belles ép.

44 — Les 12 mois, ovales en travers. Très-belles épreuves.

45 **Titien** (d'ap.). Vénus dormant dans un paysage, par *Lefèvre*. Très-belle ép.

46 **Visscher** (C.). Le Chat dormant. — Le Marchand de mort aux rats, d'après lui. 2 p.

47 **Visscher** (J. de). Les Musiciens au cabaret, d'ap. *Ostade*. Très-belle ép. Juste Donckerts *excudit* avant la planche coupée.

48 **Wierix** (Antoine). Le Bon Samaritain. — Jésus guérissant un hydropique et autres miracles. 4 p. Superbes ép.

PORTRAITS

49 Agar. Louis XVII, in-8. Sup. ép.

50 Alix. J.-Ch. Levacher de Charnois, auteur des recherches sur les Costumes et les Théâtres, fut massacré à l'Abbaye, en 1792; en couleur, in-8. Superbe ép.

51 Audran (B.). Charles Ier, roi d'Angleterre. — Henriette-Marie, son épouse, par *Simonneau*. 2 p. d'ap. *Vander Werff*, petit in-fol. Très-belles ép., marge.

52 Balechou. Charles Rollin, d'ap. *Coypel*, grand in-fol. Très-belle ép.

53 Baron. René de Caradeuc de La Chalotais, d'ap. *Cochin*, 1764; petit in-fol. Belle ép.

54 Bause. J.-F. de Domhardt. — Ch.-F., Weiss. 2 p., très-belles ép.

55 Boilly. Projet d'une colonne rostrale, dédiée aux citoyens vertueux et utiles; on y suspend le portrait de Necker, allégorie d'ap. *Lonsing*, in-fol. Rare.

56 Bolswert (S.-A.). Albert d'Aremberg. — Maria Ruten. 2 p., d'ap. *Van Dyck*.

57 Bonneville. Mme Bonaparte (Joséphine), ovale in-8. Très-rare et très-belle ép.

58 Briot. F. de Malherbe, in-4. Très-belle ép., rare.

59 Cathelin. Dalembert. — Diderot. 2 p., in-4, d'ap. *Cochin*.

Varl. 3. Cain 3 50

Perrot 10   Michel 3.

Cens. 4.50   Brun 10.

R 2.

Combron 16   Michel 5   Cens. 3 50   Bergère 3.

R 15   Perrot 10   Cens 3.50   De Court 10.

R 7

Leer 4 50

Eynecke
Lanschfur 5

Leer 5

Der 3

Lis 3 Der 4 75 R 8

60 — P. Noël Le Cauchois, avocat, d'ap. de *Noire-terre*. — Caffin. — Godefroy de Villetaneuse, d'ap. *Cochin*. 3 p. in-8.

61 **Chereau**. Boileau Despreaux, petit in-fol., d'ap *Rigaud*. Très-belle ép.

62 **Chevillet**. Buffon, in-4, d'ap. *Drouais*. Très-belle èp.

63 **Chodowiecki**, *ad vivum*. J.-J. Engel, auteur dramatique, directeur du théâtre de Berlin, in-8. Très-belle ép.

64 **Choffard**. Larochefoucauld. — Palissot. 2 p., in-8. Belles ép..

65 **Chrétien** et **Fouquet**. Michel Lepeletier, petit profil, d'ap. le buste moulé sur nature. Sup. ép., très-rare.

66 **Cochin** (d'ap.). Descamps, par *Rousseau*. — Roslin. — Jésph Vernet, par *Nicollet*. 3 p., in-4. Très-belles ép.

67 **Coutellier**, 1789. Louis XVI en buste, en manteau royal, in-fol.

68 **Cranach** (Lucas). Albert le Courageux et son fils Henri le Pieux.

69 **Croisier**. (Marie-Anne). Claude Fauchet, évèque du Calvados, in-4. Très-belle ép.

70 **Daret**. Anne d'Autriche, régente, et ses enfants, sur le trône, petit in-fol, texte au revers.

71 **Daullé**. H.-F. d'Aguesseau, chancelier. — Guil. de Lamoignon, Chancelier. 2 p. in-4.

72 — Le Cardinal de Polignac, d'ap. *Rigaud*, petit in-fol. Très-belle ép., marge.

73 **David**. Élisabeth, reine d'Angleterre, in-4.

74 — F. Bacon, in-4. Très-belle ép.

75 **Delatre**. Mlle Colombe l'aînée, in-4. Belle.

76 **Delaunay**. Dernières paroles de Mirabeau, in-fol., allégorie d'ap. *Borel*. Rare.

77 **Delaunay** (N.). Necker, in-4, le nom seul dans la tablette. — Le même, le nom sur le bord et quatre vers dans la tablette, chez Depeuille. 2 p. Très-belles.

78 — Guil. Th. Raynal, d'ap. *Cochin*, in-4. Belle épreuve.

79 **Drevet** (Claude). 1749. H. Oswald, cardinal d'Auvergne, in-fol., d'ap. *Rigaud*. Belle ép., marge.

80 **Drevet** (Pierre). Le Cardinal de Bouillon, in-fol., d'ap. *de Troy*. Belle p.

81 — Olivier Cromwel, petit in-fol., d'ap. *Vander Werft*. Très-belle ép., toute marge.

82 — Léonard Delamet, in-fol., d'ap. *Rigaud*. Très-belle ép.

83 — Nicolas Lambert, président de la Chambre des Comptes. Superbe ép., in-fol., d'ap. *Largillière*, marge.

84 — Cardinal de Noailles, d'ap. *Rigaud*, in-fol. Belle.

85 **Drevet** (P. Imbert). Dubois, cardinal, in-fol., d'ap. *Rigaud*. Très-belle ép., toute marge.

86 — Adrienne le Couvreur, d'ap. *Coypel*. Très-belle ép. in-fol., marge.

87 — Louis, duc d'Orléans, d'ap. *Coypel*, grand in-4. Très-belle ép. avant le nom sur la tablette.

R 12

R 16

Téis 4 50

De Courtin 20

R 10

R 12

R 12   Perut 12   Goncourt 20   Téis 6 50

Téis 6 50

Teiss. 4 50   Dere   5.50

Semaine 6

R. 3

Brun 2
tout

Teis. 12   Perue 12   Brun 15

Teiss 6   Pian 5

88 **Dupin**. Maximilien F. J.-J. A. V., frère de l'empereur d'Autriche, petit in-fol., d'ap. *Davenne*. Belle ép.

89 **Duthe**. Marie F.-V. Salmon, in-8, dédié à M. Le Cauchoy. Rare.

90 **Edelinck** (N.). Gérard Edelinck, graveur, in-fol., d'ap. *Tortebat*. Belle ép., toute marge.

91 — J.-F. Guillieaumon, maître tapissier, in-fol., d'ap. *Vivien*. Ép. imp. en rouge.

92 **Edelinck** (G.). Fléchier, évêque de Nîmes. — Jean de Gassion. — Guil. de Lamoignon. — Séb. de Pontaut. 4 p.

93 — Bussy-Rabutin. — Jacques Savary avant la marge du cuivre coupée. 2 p. Très-belles ép.

94 — Jean Rouillé, conseiller d'État, in-fol., d'ap. *Nanteuil ad vivum*.

95 **Elluin**. Rose Duplant de l'Académie royale de Musique, grand in-4, d'ap. *Leclère*.

96 **Fessard**. Leclerc de Juigné, archevêque de Paris, entouré de sujets allégoriques, in-fol., d'ap. *Nogaret*. Très-belle ép.

97 — Marie-Thérèse, impératrice, médaillon sur un tombeau entouré de figures allégoriques, petit in-fol. Très-belle ép.

98 **Ficquet**. Cicéron. — Crébillon. — Eisen. 3 p., in-8.

99 — La Fontaine des fables au ruisseau blanc. Très-belle ép.

100 — J.-J. Rousseau, d'ap. *De Latour*. Très-belle épreuve.

101 **Fiesinger**. Mirabeau. — Pétion. — Rabaut Saint-Étienne. — Rœderer. 4 p. in-8. Sup. ép. en bistre.
— Bernadotte. Petit in-fol., d'ap. *Guérin*.

102. **Fillœul**. Bouthillier de Rancé. Grand in-4. Superbe ép.

103 **Folo** (J.). Béatrice Cenci, d'après le *Guide*. Grand in-4.

104 **Fornazeris**. Marie de Médicis sur un trône, tenant l'épée et la corne d'abondance.

105 **François**. Académie des Arts, d'ap. *Eisen*, buste de Louis XV.

106 **Galle** (C.). Ferdinand III, d'ap. *Van Dyck*. — Le duc d'Olivarès, d'ap. *Rubens*. 2 p.

107 **Gaucher**. Ch. Lenormand du Coudray. In-4.

108 **Gaultier** (Léonard). Charles, duc de Mayenne.
— Sénèque. — Et. Pasquier. 3 p.

109 — J. Davy du Perron. In-8. Belle ép.

110 — J.-L. de Nogaret de La Valette d'Epernon. In-8. Très-rare.

111 **Giffart** Françoise Daubigny, marquise de Maintenon. In-fol. C'est le portrait le plus important du personnage.

112 **Godefroy**. Charles X. — Duchesse d'Angoulême en buste et en pied. 3 pièces.

113 **Hubert**. Le comte de Breteuil. In-fol. Avant la lettre.

114 **Lenfant**. François d'Arly, d'ap. *J. Dieu*, 1657, avec les noms d'artistes sur la tablette; avant-dernier état. Très-belle ép.

Duch Mirabeau 3

Goure 10

R 12

Berge 10

Franey, 10

Bru 15
2 portrait

Varlet 3   Felch. 12

A.R.F.   30

115 **Leu** (Thomas de). Claude Expilly, au bas une planche ajoutée avec quatre vers. In-8. Rare.

116 — Charles de Bourbon Soissons. — **Charles,** duc de Mayenne. — Henri de Montmorency, connétable. 3 p. In-8.

117 — Éléonore d'Autriche, reine de France. — François de Valois, dauphin de France. — Henri second, roi de France. — Henri IV, roi de France. — Pasquier. In-8.

118 **Lommelin**. A. de la Faille. — Jacques Le Roy. 2 p., d'ap. Van Dyck. Très-belles ép.

119 **Marcenay** (de). La Dame aux perles. — Le Vieillard à la toque. 2 p.
— Bayard. Superbe ép. avant toute lettre, d'une copie contre partie très-rare. — Le Maréchal de Saxe. 2 p.
— Henri IV. — Sully. 2 p. in-8.

120 **Masquelier**. 1797. J.-A. Le Rouge, célèbre chimiste né à Troyes en 1726. Charmant portrait. In-8. Superbe ép.

121 **Masson** (A.). Brisacier. In-fol., d'ap. *Mignard* (R. D. 15).
— Frédéric-Guillaume, électeur de Brandebourg (30). Très-belle ép. Grand in-4.

122 — Marie de Lorraine, duchesse de Guise (32). Très-belle ép. avant le lapin.

123 **Mellan**. Le Cardinal de Richelieu, au fond La Rochelle. In-fol.

124 **Mellan**. Ronsard et sa maîtresse, deux profils
en regard entourés d'attributs. Très-belle ép.
In-4. Rare.

125 **Melini**. Charles-Emmanuel III, roi de Sardai-
gne. Petit in-fol. Sup. ép., marge.

126 — Ch.-J. de Pollinchove, 1er président au parle-
ment de Flandres. In-fol., d'ap. *Aved*. Sup. ép.

127 **Miger**. Le comte de Bruhl, d'ap. *Cochin*. — Ma-
rivaux. 2 p. in-4. Très-belles ép.

128 **Moitte**. C.-J.-F. Hénault. In-fol., d'ap. *Saint-
Aubin*. Belle ép. Glomisée.

129 **Moreau le jeune**. A.-E.-M. Grétry. In-4.
Très-belle ép.

130 **Morghen** (R.). Vittorio Alfieri. Ovale in-8.
Superbe ép., marge.

131 **Morin**. Nicolas de Netz, évêque d'Orléans.
In-fol., d'ap. *Champagne*.

132 — Antoine Vitré, imprimeur, d'ap. *Champagne*.
Superbe ép.

133. **Nanteuil** (R.). Beaumanoir de Lavardin, évêque du Mans. (R. D. 34). In-fol., 1654.

——— Jules Paul de Lyonne, abbé de Marmoutier
(147). 1er état.

— Henri d'Orléans Longueville (149).

— Mazarin, cardinal (182).

— Ferdinand de Neufville, évêque de Chartres
(204). 7e des 9 états. Avant le monogramme dans
les angles.

— J.-B. Van Steenberghen (226).

134 **Natalis**. Ernestine, princesse de Ligne, d'ap.
Van Dyck. Sup. ép. 1er état avec *J. Meyssens*.

Dtsch. 10.

Vienn 5

Kupfer 6

Cedr. 3.

Birn 12

R. 40   Pernt. 30

Cier 12

Berger 3

Sorin 41

R 3

Dew. 2.50
Fiss. 6   Dew 3.25

Varlos 3

135 **Osmant Want** *fe, et.* Charles de Bourbon, cardinal-archev. de Rouen. In-8, d'ap. *Th. de Leu.* Très-rare.

136 **Pass** (C. de). Anne de Danemarck. — Clément VIII. — Frédéric III. 3 p. in-8. Très-belles ép.

137 **Pasquier**. Joseph Servan, ministre de la guerre, petit profil dans un rond. In-8 en bistre. Rare.

138 **Pazzi**. Portrait d'un seigneur allemand, d'ap. *Lucas Cranach*. In-fol. Belle ép.

139 **Philips**, 1743. Marie-Thérèse de Hongrie. In-4. Très-belle ép.

140 **Poilly**. Bossuet (J.-B.). In-fol. d'ap. *Mignard*, en 1673, comme évêque de Condom. Très-belle épreuve.

141 **Saint-Aubin** (Aug. de). Bitaubé. — Crébillon fils. — Gauzargue. — Helvétius. — Monnet. — Pellerin. In-fol., entouré de médailles. — J.-J. Rousseau. — Voltaire. 8 p. Belles ép. Sera divisé.

142 — Rodolphe Perronet, architecte, d'ap. *Cochin*. Très-belle ép. In-fol.

143 **Schmidt**. J. Bernouilly. In-4. Très-belle ép.

144 — J.-B. Rousseau, à mi-corps, d'ap. *Aved*. Très-belle ép.

145 **Schuppen** (Van). Pierre de Marca, archev. de Paris. Petit in-fol., d'ap. *Vanloo*, 1661. — Fr. Pithou, jurisconsulte. Superbe ép. Petit in-fol.

146 **Schurman** (Anna-Maria). Son Portrait. In-4.

147 **Selma**. Charles III, roi d'Espagne. Petit in-fol.

148 **Simon** (Pierre), 1694. Ludovicus Magnus. In-fol. en pied, en costume romain. Très-belle ép.

149 **Simonneau**. Buckingham, d'ap. *Vander Werf*. — Frédéric, roi de Prusse. 2 p. petit in-fol., marge.

150 **Smith**. Anne, reine d'Angleterre. In-4. Belle épreuve.

151 **Surugue**. Réné Fremin, sculpteur, in-fol., d'ap. *de Latour*. Marge.

152 **Tchemesow**, 1761. Elisabeta, prima imperatrice de Russie, petit in-fol.

153 **Vallet**. Ange de Cambolas, prieur des Carmélites, in-fol. d'ap. *Paillet ad vieum*.

154 **Vorsterman**. Gérard Seghers. — Jean Snellinx, par P. de Jode. 2 p. d'ap. *Van Dyck*.

155 **Watelet**. Sarrau. — Turgot. — Le comte de Vence. 3 p. d'ap. *Cochin*. Très-belles ép.

156 **Wille** (J.-G.). F. Chicoyneau, chirurgien, d'ap. *Lesueur*, in-4. Très-belle ép., marge.

157 — 1749. Woldemar de Lowendal, in-fol. d'ap. *de Latour*.

158 — Maurice de Saxe, 1745, in-fol. d'ap. *Rigaud*. Ép. avec marge.

159 — F.-L.-A. de Neufville, duc de Villeroy, in-fol. d'ap. *Jean Chevalier*. Très-belle ép., toute marge.

160 **Woeiriot** (Pierre). Barthelemi Aneau, poète, entouré de figures et de chiffres astrologiques (R. D. 273). Très-belle ép. avec marge, rare.

Vien 5

<table>
<tr><td>S.
Turgot</td><td>De Court. 15
Clergot</td></tr>
</table>

Manuscrit ?   Vent 3.

Vien 5

Vent 4. 50

R. 22.

Dilek. 15   St Florian 5.5

Michel, 6

Bergen 2.50   Michel 5

Bergere 4   Robillar 5

Michel 6
Michel 13
~~Michel~~ R. 6   Bruno 10

161 **Woeiriot**. Nicolas Le Pois, médecin (R. D. 293). Très-belle ép. avec texte au verso.

162 **Anonyme**. Napoléon Ier. empereur, en buste, in-fol. Avant toute lettre.

163 — Dunois. — F. de Lorraine. 2 portraits en pied, in-fol.

164 — Charrette, petit in-fol. en ovale; au bas est une charrette. Rare.

165 — Mme Roland, petit profil, dans un rond avec quatre vers de Pasquier, in-8. Très-rare. Très-belle ép.

166 — Rollin, in-4 d'ap. *Coypel*. Belle ép.

167 — Rubens, in-4 avant toute lettre, marge.

168 — Saint Ignace de Loyola, in-8. Sup. ép.

ESTAMPES PAR LES GRAVEURS

OU D'APRÈS LES MAITRES DU XVIII° SIÈCLE

169 **Anonyme**. Exemple d'humanité donné par Mme la Dauphine (Marie-Antoinette) en 1773, in-fol.

170 — Le Lacet raccourci. Mère faisant des reproches à sa fille. Pièce ovale.

171 — Le Réfractaire amoureux, in-fol.

172 — La Madeleine dans une grotte. Très-belle ép. avant toute lettre, in-fol.

173 **Avril**. Dame pelant une pomme, et sa fille, d'ap. *Metzu*. Très-belle ép. avant la lettre.

174 **Baudouin** (D'ap.). La Sentinelle en défaut, par *N. de Launay*. Très-belle ép. in-fol.

175 **Beaudoin** d'ap.. L'Enlèvement, par *N. Ponce*. Magnifique ép. avant la lettre avec les armes, in-fol.

176 **Beauvarlet**. Jugement de Pâris, d'ap, *Luc Giordano*. Très-belle ép. in-fol.

177 **Berthault**, 1781. La Place Louis XVI et la Salle d'Opéra, projet de *Bélanger*, architecte, pour le Carrousel, en face des Tuileries; grande réunion de figures, costumes, voitures diverses, chaises à porteurs, etc. Très-belle ép. in-fol., marge.

178 **Bouchardon** D'ap.. Vénus cherchant à retenir l'Amour qui s'envole, par *Fessard*. Jolie pièce; très-belle ép. marge.

179 **Boucher** (D'ap. F.. L'Hymen et l'Amour. Jolie composition in-fol. Très-belle ép.. marge. chez *Beauvarlet*.

180 — Sylvie délivrée par Aminte. Pièce gracieuse. Belle ép. par *Gaillard*, in-fol.

181 — Jupiter et Calisto. Très-belle ép. par *Gaillard*.

182 — Les Présents du berger. Très-belle ép. par *Lempereur*.

183 — Triomphe de Vénus sur les eaux, par *Le Vasseur*. Belle ép.. Marge.

184 — Pan et Syrinx. Pièce gracieuse. Belle ép. par *Martenasi*, marge.

185 — Vertumne et Pomone. Belle ép. par *Aug. de Saint-Aubin*, marge.

186 — Le Trait dangereux, par *Poletnich*, figure gracieuse; a été coloriée et lavée pour enlever la couleur. Belle ép.. très-grande marge.

R. 20   Pent 15   Vieu 15   Michel 42   Cais. 22

Lausanne   R. 4.   Cais 4.50

R. 10.   Michel 21   Cais 4.50

Delia. 5.   R. 17

Michel 9.

A. 8.

Litch. 10

Ben 10   R. 3

R. 12

Dub. Dubeau

Michel, 12   R. 3

Léis 3   Ben 8.50   Michel   12

187 **Camerata**. Le Chimiste, d'ap. *Th. Wyck*, in-fol. Rare.

188 **Chodowiecki** (D'ap.). Frédéric II, roi de Prusse, passant la revue.

189 **Clément**. Apollon couronnant la Vérité, d'ap. *Landon*. Magnifique ép. in-fol. marge.

190 **Cochin** (D'ap.). Le Plaisir des bonnes gens, in-4, par *Mme Lingée*. Très-belle ép. en rouge.

191 **Colinet**. Courage de Porcie, d'ap. *Le Guide*. Très-belle ép., grande marge avant le texte dans la tablette, in-fol.

192 **Colson** (D'ap.). Le Repos : jeune Fille dormant le chat guette son oiseau. — L'Action : Jeune Seigneur tirant un petit canon. 2 p. in-fol. Superbes ép., grandes marges.

193 **Cotelle** (D'ap.). Vénus et Adonis, par *Desrochers*, d'ap. le tableau qui est à Saint-Cloud. Belle ép.

194 **Dennel**. La Vertu irrésolue, d'ap. *Mme Lebrun*. Belle ép., marge.

195 **Desnoyers**. La Danse des Nymphes, d'ap. *Vander Werf*. Très-belle ép. in-fol.

196 **Desplaces**. Jupiter en cygne et Léda, d'ap. *P. Véronèse*. Très-belle ép.

197 **De Troy** (D'ap.). Le Prix de la beauté, in-fol. par *Daullé*. Très-belle ép., marge, rare. Jugegement de Pâris.

198 **Dupin**, 1722. Renaud et Armide, d'ap. *N. Poussin*. Superbe ép., petit in-fol.

199 **Eisen** le père (D'ap. F.). Amusements de la jeunesse. Belle ép. in-fol., marge.

— Déguisement enfantin. Belle ép. in-fol., marge. Ces 2 p. sont par *Dupuis*.

200 **Eisen** (D'ap. Ch.). Concert méchanique, inventé par R. Richard, exposé à la Bibliothèque du Roy, 1769. Superbe ép. par *de Longueil*.

201 — Le beau trait d'humanité d'un de nos jeunes princes envers un des frotteurs des appartements a donné l'idée de ce petit drame, Proverbe VI, Scène VI, in-8, par *D. F Bassompierre*, Petite p. rare. Très-belle ép., toute marge.

202 — Les Désirs satisfaits, par *Patas*. — La Vertu sous la garde de la Fidélité, par *Lebeau*. 2 p. Belles ép.

203 **Fragonard** (D'ap.). Les Beignets. Superbe ép. très rare d'eau-forte, l'ovale seulement. Jolie composition familière, marge.

204 — La Cachette découverte, par *R. de Launay*. Très-belle ép.

205 — La Bascule, par *Beauvarlet*. Belle ép. in-fol.

206 — Jeune Femme tenant une lettre et regardant un portrait. Grand in-fol. par *Ruotte*. Ép. avant la lettre.

207 **Freudeberg** (D'ap.). Le Musicien du hameau. par *Trière*. Petit in-fol. Très-belle ép.

208 — Le petit Jour, par *N. Delaunay*. Très-belle ép. d'une gracieuse composition; marge.

Michel 13

Michel 13

R 10   Perut 12   Michel 3.   Leis 15

Leis 11

Van 5

Michel 6.

Perut 20   ART 22   Leis 12   Vaner 15

[illegible] 10

[illegible] 11

[illegible] [illegible] 8

[illegible] 5

[illegible] 9

209 **Galoche** (D'ap.). Flore et Zéphire, par F^{ca} Des-
champs, f^c Beauvarlet. Très-belle ép. in-fol.,
marge, rare.

210 **Greuze**. La Vertu chancelante, par *Massard*.
In-fol. Belle ép. signée au revers par les artistes.

211 **Guérin**. L'Amour désarmé, d'ap. *Corrége*.
Très-belle ép. in-fol.

212 **Guersant**. Angélique et Médor, d'ap. *Roma-
nelli*. Jolie pièce. — La même, eau-forte pure.
2 p., rares.

213 **Hemery** (A.-F.). Le Repos du plaisir, d'ap. *C.
Cignani*. Femme nue couchée et dormant. Belle
ép. in-fol.

214 **Huet** (D'ap.). Le Serpent sous les fleurs. Jolie
pastorale, par *Godefroy*, 1781.

215 **Jeaurat** (D'ap. Et.). L'Amour du vin. — L'A-
mour de la chasse; scènes d'enfants. 2 p. par
Suruque. Très-belles ép., marge.

216 — L'Enlèvement de police, par *Duflos*. In-fol.,
marge.

217 — Vénus et Adonis, par *Gaillard*. Très-belle ép.
in-fol., marge.

218 — La Sultane favorite, par *L. Haibou*, 1768.
In-fol. Belle ép.

219 **Jeaurat** (Ed.). L'Enlèvement d'Europe, d'ap.
Paul Véronèse. Très-belle ép. in-fol.

220 **Lagrenée** (D'ap.). Teresias aveuglé des appats
de Minerve. Très-belle ép. par *Dennel*. In-fol.,
marge.

221 **Lagrenée** (d'ap.). Bacchus et Ariane, par *Voyez* l'aîné. Belle ép., marge, in-fol.

222 **Lancret** (D'ap.). Le Concert pastoral, par *Joultain*. In-fol.

223 **Larmessin**. Actéon métamorphosé en cerf, d'ap. *Lemens*. Sup. ép. marge, petit in-fol.

224 — Le Gascon puni, d'ap. *Lancret*.
— Le Rossignol, d'ap. *Leclerc*.
— La Jument du compère Pierre, d'ap. *Vleughels*.
Ces 3 pièces sont des Contes de La Fontaine.

225 **Lavreince** (D'ap.). Les Offres séduisantes. Très-belle ép. gravée par *Delignon*, marge.

226 — La Marchande à la toilette, par *Vidal*. Très-belle ép., marge.

227 — L'Innocence en danger. Superbe ép., par *Caquet*.

228 — Le Roman dangereux, par *Helman*. Très-belle ép., marge.

229 — Le Billet doux, par *Delauney*. Très-belle ép. intérieur avec riches costumes.

230 **Le Beau**. Jeune Dame richement parée jouant avec son oiseau sur ses genoux qui becquette un coquillage pendu à sa ceinture. Petit in-fol., d'ap. *Tanche*. Très-belle ép.

231 **Leclerc** (D'ap.). Ah! du moins, épargnez mes ailes, par *Deny :* trois Nymphes prêtes à couper les ailes de l'Amour. Très-belle ép., marge.

232 **Le Mire**. Marine, d'ap. *de la Croix*. Avant la lettre.

Michel 8.

Bew 4 50

Bew 11

Vin 10   Cis 8

Vin 10   Cis 13

Vin 10.   Cis 7.   Berg 20

Penl 12   ARF. 18.   Cis 8.   vasur 15

Penu 15   Apruth 25   Cis 15

Liest. 15   R. 7

Bergen 5.50   Leis 2.50   Vien 5

Leis 6   Michel 34   Vien 10

Leis 10   Derv. 10.50   Michel 37   Vien 10

Leis 4

Leis 8 by
les 3 pièces

Brun 5   Perute 5

Bergen 10   Leis 3.50

233 **Lempereur**. L'Attente du plaisir, d'ap. *Anni-bal Carrache*. Très-belle ép. avant la dédicace (Vénus couchée). In-fol.

234 **Leprince** (D'ap.). La Lettre envoyée. In-fol. par *Delauney*. Belle ép.

235 **Mallet** (D'ap.). Par ici. Jolie Femme en chapeau à sa fenêtre. In-4 par *Copia*. Superbe ép., toute marge.

236 **Moitte** (D'ap.). La Surprise agréable, par *Vidal*, tout premier état. Rare avant la draperie et avant toute lettre. In-fol.

237 **Monnet** (D'ap.). Le roi d'Éthiopie abusant de son pouvoir. Très-belle ép., tout 1er état, rare avant la draperie et avant toute lettre, in-fol.

238 **Pater**. La Courtisane amoureuse, par *Fillœul*. Très-belle ép. in-fol.
— Le Baiser donné; publié à Augsbourg avec texte allemand et français. Belle ép.

239 — Le Concert amoureux, par *Fillœul*. In-fol.
— La Conversation intéressante. Très-belle ép. in-fol.
— La Danse. Très-belle ép. in-fol., par *Fillœul*.

240 **Pierre** (D'ap.). L'heureuse Rencontre, par *Marchand*. Belle ép. in-fol.

241 **Pillement**. Paysage, effet de neige, avant toute lettre. Superbe ép. in-fol., marge.

242 **Prot**. Le Larcin d'amour. Superbe ép. en noir, en ovale; cette pièce eut plus tard la forme carrée et impr. en couleur : l'Amour s'envole vainqueur tenant un coquillage. Ép. avant la lettre, in-fol., d'ap. *Mouchet*.

243 **Prudhon**. La Famille malheureuse. Tres-belle ép. avant les retouches à la plume sur le montant de la fenêtre. In-8, tiré de l'Album.

244 — (D'après). Le premier Baiser de l'amour. — Je ne me bats point contre un insensé. — Daphnis et Chloé au bain. 3 p. Très-belles ép.

245 **Raoux** (D'ap.). Le Satyre complaisant, par *Bason*. Superbe ép. in-fol., marge.

246 **Saint-Non**. Paysages avec fabriques, d'ap. *Berghem* et *Robert*. 2 p.

247 **Schenau** (D'ap.). L'heureux Serin, par *Gaillard*. Belle ép. — L'Aventure fréquente, par *Halbou*. 2 p. in-fol.

248 **Simonneau**. Triomphe de Vénus et l'Amour portés sur une conque par des Tritons, d'ap. A. *Coypel*. Superbe ép. avant toute lettre, in-fol.

249 **Surugue**. L'Amour enfant, d'après *Rubens*. Femme accroupie allaitant l'Amour accompagné d'un autre et d'un petit zéphyr. Petit in-fol. Très-belle ép.

250 **Vanloo** (D'ap.). Les Baigneuses, par Lempereur. Très-belle ép. in-fol., marge.

251 **Wille** (J.-G.). Les Délices maternelles, d'ap. son fils. Belle ép. in-fol. avant le titre changé, avec les armes.

252 **Wille** *fils* (D'ap.). La Mère contente, par *Ingouf*.

feu. 4.

ART. 5. { feu. 8
          feu. 3

Michel 4.

feu. 27

feu. 10

feu. 8
à pas 12.
Clement.

253 — Les vieux Amateurs, par *de Claussin*.

254 — L'Essai du corset. — Dédicace d'un poëme épique. 2 p. in-fol., par *Dennel*.

255 **Zingg,** 1763. Les Bergères, d'ap. *Dietricy*; elles sortent du bain. Belle ép. in-fol.

Renou et Maulde, imprimeurs de la Compagnie des Commissaires-Priseurs, rue de Rivoli, 144.   1012

62   [illegible]   14   50   124
 [illegible]   1   10   15.75

124 [illegible]   8   68
  10 [illegible]   70
  10 [illegible]   3[?]
 [illegible]   15
                      3[?]   70

[illegible]   7

[illegible]   10

[illegible]   14

[illegible]   2

[illegible]   2
                      [illegible]   70

RED. :

17

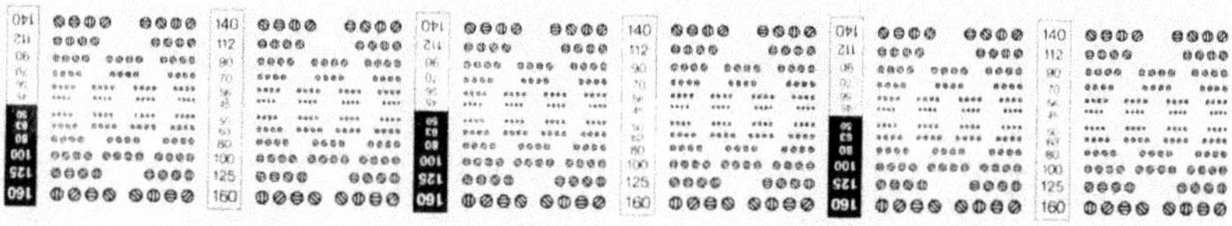

MIRE ISO N° 1
NF Z 43-007
AFNOR
Cedex 7 - 92080 PARIS-LA-DÉFENSE

graphicom
379 89 70

0 1 2 3 4 5 6 7 8 9 10

9 782329 236346